흔들리는 것들의 무게

황금알 시인선 157

흔들리는 것들의 무게

초판발행일 | 2017년 11월 17일

지은이 | 김인애
펴낸곳 | 도서출판 황금알
펴낸이 | 金永馥
선정위원 | 김영승 · 마종기 · 유안진 · 이수익
주간 | 김영탁
편집실장 | 조경숙
표지디자인 | 칼라박스
주소 | 03088 서울시 종로구 이화장2길 29-3, 104호(동숭동)
물류센타(직송 · 반품) | 100-272 서울시 중구 필동2가 124-6 1F
전화 | 02)2275-9171
팩스 | 02)2275-9172
이메일 | tibet21@hanmail.net
홈페이지 | http://goldegg21.com
출판등록 | 2003년 03월 26일(제300-2003-230호)

값은 뒤표지에 있습니다.

ISBN 979-11-86547-75-5-03810

흔들리는 것들의 무게

김인애 시집

황금알

당신을 모릅니다.

당신을 생각하면
이리도 숨이 콱콱 막혀 오는 내가 있다는 것
당신을 향한 끝없는 목마름이 내게 있다는 것

한 때, 들끓는 관념으로 당신을 대하다
결별을 고한 아픔의 강, 너무도 깊어
다시 뜨거운 가슴으로 당신 앞에 섰지만
당신을 모릅니다, 하여
나를 모릅니다.

당신의 혈관에 흐르는
푸른 문장 한 구절일 수 있다면,

당신을 숨 쉴 수 있다면,
당신으로 숨 쉴 수 있다면,

당신을 살 수 있다면,

먼 길입니다.

차 례

1부 생을, 여겨보다

수매화水媒花 · 12
미더덕 칼 만드는 노인 · 14
길냥이 · 16
바람이 불어오는 시간 · 18
흔들리는 것들의 무게 · 20
녹 꽃 · 22
빗방울 아르케 · 24
방 · 26
순간이 궁극에게 · 27
두 집살이 · 28
비가悲歌 · 29
스완 송Swan Song · 30
하나둘 셋 설화舌話 · 32
어떤 체벌 · 34

2부 나보다, 나를 더 사랑하는

사람아, 겸손謙遜의 강으로 가자 · 38

지금, 하늘 아틀리에 · 40

어떤 물음 · 41

낱낱이 기록된다면 · 42

눈멀다, 눈뜨다 · 44

아겔다마 자장가 · 46

쉬어가게 하소서 · 48

덫 · 50

그럴 수도 있지요, 라는 말은 · 52

갈밭을 거닐며 · 54

아쉬레 정원 · 56

샘, 하나 · 58

킹 덤 오브 헤븐Kingdom Of Heaven · 60

청각 장애인 구두 수선공 · 62

3부 거기, 그곳에

사슴 호수, 길을 오르며 · 66

가을, 양화진 추억 · 68

거기, 그곳에 · 70

생의 마루에 오르시려거든 · 72

겨울, 주남호에서 · 73

몽돌 화가 · 74

겨울, 빨간 등대 아래 · 76

내 하는 일이란 · 78

궁극窮極 · 79

산이 길이 되다 · 80

묵지 마을 · 82

첨성대 별기別記 · 84

내 마음의 풍금 · 86

만날재 공원 · 88

4부 그리고 그를 읽는 동안

겨울 아침 · 92
리셋reset 사랑 · 94
그가 존재하는 자리 · 96
피보나치 나선 사랑 · 98
그를 읽는 동안 · 100
노랑 장미 · 103
타고, · 104
한잠 들지 못하는 시간 · 106
경자 언니 · 108
거스러미 · 110
결 · 112
물망초 · 114
수석에게 길을 묻다 · 116
낙엽 한 장의 시간 · 118

■ 해설 | 고봉준
긍정과 초월 · 120
■ 발문 | 김종회
말의 길 너머 마음의 길 · 132

1부

생을, 여겨보다

수매화水媒花
— 나사마름

누가
내 목마름을 헤아릴 수 있는가

날개 달고 오는 것에 심취하는
충매화가 아니므로 난,
바람의 손가락 맞잡고 웃는
풍매화는 더더욱 아니므로
송사리 푸른 등
은어의 순한 비늘에 업혀
물의 허리 안고 올,

지리멸렬한, 내 기다림은 이런 것들 아니라고 도리질
한다 잃어버린 것들에 손사래 치는 물소리, 잊을 수 없
는 모든 흐르는 것들의 뭉클한, 제 통점의 푸른 잎맥을
보듬어 안고 수면을 뒤척이며 몸 섞는

흐름의 깊은 데 풍! 잠긴
씨앗의 잠은 저토록 맑구나
물 자궁에 나선으로 갈 앉아

오래 속 여무는
미망未忘의 열매 하나.

미더덕 칼 만드는 노인

입간판 없어도 어둑새벽부터 뱃사람 찾아드는 노인에겐
수 십 년 세월 닳고 닳아도 금강석 두꺼운 낯으로
쓰크쓰크호-시 쓰크쓰크호-시 우는
애매미 울음의 애첩 있다.
살 굳은 손 작고 뭉툭한 무쇠 조각 노인은
한 평 남짓 사각의 광에서
두 눈에 쌍불 켠 싸움닭처럼 달려드는 그녀에게
핏 톨 튕기며 살 뜯기다가 등 푸른 직관 날 세운다.
노인은 아득한 숫돌 위
하늘이 내려앉을 자리를 수백 번이라도 미끄러지며
생의 두꺼운 눈꺼풀 벗기는 예리한 천명을 꿈꾼다.
씻긴 햇살에 벼려 눈 뜬
그, 단 한 번의 만찬을 위해
한바다 냉대를 견뎌 온 미더덕의 오롯한 생이 보인다.
많은 슬픔이 가슴에 흘러들어
껍질 벗겨낼수록 바다의 흔들림을 안고 일렁이는
관능으로 부푼 몸
음습한 바람이 불 때마다
어떻게 제 생을 키워왔는가, 순한 물음도

14

적막보다 더 적막한 쓰크쓰크호시 울음소리가 삼켜버
린다.
  눈물 글썽이며 게걸스런 그녀를 생의 무게만큼 끌어안고
해저곡의 관槨을 환히 밝히는
애매미 날개에 깃든 득음 이후의 허물만큼 가벼운

  천연 빛
  날끼,
  노인.

길냥이

집을 뛰쳐나온 후
도둑고양이라 불리던 고양이가 길냥이가 되었다.
12궁도와 12지에서 이름 빠진 자신이나
길이 아니면 가지 말아야 해,
사람들이 고결하거나 현명하게 보이려고
쓰는 '길'이라는 말, 제 정체성 앞에 붙은 것이 거슬려
갸르릉 갸르릉 한다.
쓰레기통을 뒤져 어두운 길 위에서 식사를 한다.
생의 신산에 대해 체득한
그의 내부는 어둠 속에서 더 환하다.
눈의 조리개,
신경과 연결되어있는 몇 가닥 수염,
바람의 갈래를,
관계로부터 파생된 공기의 진동과 습도를,
열정과 냉정의 변화를 낚아채는
그의 레이더는 예민하다.
유통기한을 넘긴 음식뿐이랴,
잡식성에서 이식증異食症으로 옮겨온 지 오래
먹거리로 장난치는, 짐승만도 못한 사람이 버린

양심이란 것,
검은 봉지에 둘둘 말려 버림받은
작고 어린 생명의 콩콩 뛰는 심장도
시궁창에 버려진 노인의 고독한 등도
뼈째 씹어 꿀꺽 목구멍 안으로 삼켰는데
여직 탈이 없다, 다행한
사람에게 버림받기 전에
길 위의 생을 자처한
고양잇과의 수장,
누구도 침해할 수 없는

어두운 길 위의 한 끼 식사, 쓸쓸하게 기품 있다.

바람이 불어오는 시간

바람이 불어오고 있다.

마른번개를 가르고 황토먼지를 일으키며
산봉우리 저편에서 강기슭 저편에서

눈부신 하얀 깃발을 앞세우고
빛난 주석 같은 얼굴로

시간의 문들이 열린 곳마다 기다림처럼
스치고 지나간 무심한 세월의 문턱이 다 닳고 닳도록

나는 바람의 강물 속으로 텀벙 뛰어든다.

강 하구에 이르러서야
바라아아아아암 내 안에서 나온 바람 한 마리
연어처럼 제 나왔던 기슭에 둔 집을 향해
물보라 일으키며 차오른다.

바람의 가슴,

나를 흠뻑 젖도록 품어 안고
제 몸의 기포송이 터뜨려 호흡 불어넣는다.

오라, 새벽빛처럼 뚜렷이 오라
몸 작은 세포들마다 천연 꿈 무지개
벅차게 숨 쉬게 하라

수천의 바람들이 한 마리 바람이 되어
차오르는 시간

우주의 생장점
소리 없이 톡톡 터치며

지금은 바람이 불어오는 시간.

흔들리는 것들의 무게

반짝 반짝 흔들리는 잎사귀들 몸짓에는
생의 그늘 그림자만큼의 무게 빛나고 있다.

바람 얼굴에 수천 번 헹굼 질로 얻은
생애의 가벼움이,
어두운 땅속 까맣게 충혈된 뿌리의 눈으로
반석 속에 흐르는
맑은 물길 끌어안아 깃든 깊음과
나란히 잎맥 숨길에서
해맑은 눈 뜨고 있다.

누구라도 캄캄한 자신
절망하며 무너져 내릴 때
환하고 환한 빛은 다가오는 것
푸른 하늘 낮게 내려와
햇살 빛 숨결 듬뿍 떠먹이고 불어넣어
몸속 숭숭 열린 숨구멍으로
한껏 기지개 켜는
순하고 여린 손가락들

하늘 어깨 걸어
나직나직
온 우주 흔들고 있다.

녹 꽃

세월 오랜 볕

푸른 칠 너덜너덜해진

노인의 철 대문

관절 관절

홀로 된 겨울

삐걱대며

찾아오는 발길

지번地番 미로로 얽힌

녹슨 바람 뿐

고맙소

흔들리지 않으리다

거러렁

그르릉

천식 앓는 돌쩌귀 노인

영영 푸른

길목에 핀

붉디붉은

장다리꽃.

빗방울 아르케

1.

호수 위 수천 마리 철새들의 날갯짓 100배속 영상처럼
거실 통유리 창문을 맹렬히 부딪는 빗방울들,
저들은 차마 눈부시다, 수직인 창문에 온 몸 부딪고도
피멍 들지 않고 떨어지는 순간, 유순을 익힌다.
그때, 낮고 깊은 데로 흐르려는 제 몸의 속성은 반짝
빛난다.
빗방울을 끌어당기는 길,
빗방울이 끌어당기는 길로

미끄러지는 한 생, 찬연하다.

2.

방충망에 수직으로 꽂혔다 흩어지는 빗방울들,
흡사, 교련시간 '분열'이라 외치는 구호에
일사불란하게 흩어져 다른 배열을 만들던 시간의 얼굴

이다.
  진공의 방충망이 되길 오래도록 꿈꾸다
  그 자리를 박차고 들어오는 이에게
  아무 일 아닌 듯 자신을 내어주는

  당신에게 나를 주는 영원, 고요하다.

  3.

  떨어진다, 당신도.

  나도, 미끄러지는 얼굴이 되어.

  빗방울이다.

방

— 아주 오래전
  아! 그것은! 하고 인식하기 전부터
  꿈꾸고 일어나는 우리의 방, 사각이다

아이는 모서리 모서리 네
모난 색종이 둥근 세계 꿈꾸는 모자이크 한다
서투른 가위질 몇 각ᵧ 꿈 흩어지고
굴렁쇠 둥금 아득히 그립다! 가 사각
벽걸이 스킬자수 속 아이들로 숨어든다.

여섯 아이 손 손에 노랑 빨강 초록 풍선
날지 못하고 펄럭인다, 기다란
꼬리 연 하늘 위 머리 깃 세워 본 적 없다
음표 가득 품은 아이 박동 같은 허―밍
풀어내지 못한 퍼즐
널린

방,
우리는 산다, 강박관념처럼
둥근 혜안 찾아
떠났다 다시 모로 꽂히는 부메랑처럼.

순간이 궁극에게

수직으로 등각나선무늬 하늘 지붕까지 오르다
그만 멈춰 얼음꽃 대궁이 되어버린 순간,

훌훌 털며 가벼이 떨어지는 물보라 보라 사이
문득, 하양 파랑새 날개 펼쳐 비상하는 궁극에게

길 끝 연록 빛 생명 틔우느라
마른 검불같이 터벅인 온 계절을

찬 콘크리트 벽 틈 뿌리 내린
내동댕이쳐진 생애라도

바닥을 친 자만이 낼 수 있는 진한 향기
또 다른 작은 생애들 찾아들게 하는

막다른 골목에서 속으로 운 울음
눈부신 결정체로 반짝이며

꿈의 순간이 말을 건다,
궁극엔 꽃 피운다고.

두 집*살이
— 시작詩作노트

흐르는 물 시간의 골짜기에 기억의 집 한 채 있다

나는 흐르는 물의 시간을 홀로 부둥켜안고
밥 먹고 배설하고 잠자고 일하며 그 집의 기억을 살았다
기둥을 세우고 지붕을 올리고 툇마루를 잇고 또 잘라
내며
일렁이는 물의 풍경들을 오래도록 쓰다듬었다

세계가 흡, 하고 멈춘 공간에 집 한 채 있다

뜨거운 체온으로 순간을 데운 그가 내 몸으로 들어왔다
날것의 심장이 한 장의 사진 속을 고동치는
그 숨소리 받아 적으며
그가 영혼으로 내지르는 말의 몸 맛으로 나는 황홀했다

명암과 채도가 다른 풍경으로 서 있는

푸르고
붉은 두근거림으로

* 두 집: 시와 디카시

비가悲歌

밤비가 오고 있다
오토바이 폭주족이 내지르는 굉음으로

달동네 싹둑싹둑 자르는 비가,
후줄근한 노동자 어깨 세차게 두들기는 비가,
질펀한 새벽을 달릴
우유 신문 배달 고철 파지장수 고단한 숨소리
집어삼키는 비가,
밑천 없어 깜깜해진 중소기업 공장
지우지 못 할 발자국들을
16분음표로 가쁘게 쓸고 있다
유리벽 빌딩 숲 꽁꽁 묶는 비가,
구구 팔십이 구구는 팔십이……하는
금배지 하얀 칼라 둥근 지붕에도
거짓말 같은 참말만 하는 시인들 푸른 가슴에도

저울추 기울지 않는 질량으로
비雨
비가悲歌 난폭하게 오고 있다.

스완 송Swan Song

막이 오른다.

뛰어내릴 채비 서두르는 초엽들 비행할
준비 끝낸 홀씨들 까만 씨앗
남기고 메마른 콩깍지들과
누렇게 여물었을 때 떠나야 하는
삶의 과실果實들
저 홀로 바쁜 손 흔든다.

막 내리기 전
서둘러 해야 할 일 있다.
겨울 아픈 상흔들
지난여름 뜨거웠던 기억들
한가을 풍장風葬의 경험도
봄을 잉태했던 환희 모두
말갛게 말갛게 씻어 내려

떠나는 일이든
잠그는 일이든

뛰어내리는 일이든 우리는 손수
마지막 정점
순백의 막 내려놓아야 한다.

그렇게
다시
부르는

스완 송.

하나둘 셋 설화古話

옛날 아주 오랜 옛날 하나둘 셋이란 나라가 있었다.
왕의 존함은 쌍비읍 아에 리을 리을 이자, '빨리'라 하고
하나둘 셋에 끝장을 봐야 직성이 풀리는 왕과 한 통속인
하나둘 셋에 도움닫기를 마친 어린애들 하나둘 셋에 책
한 권을 씹어 삼키는 젊은이들 하나둘 셋에 세상의 셔터
를 누르는 노련한 장년들 하나둘 셋에 행복한 나라란 바
닷물을 다 들이키겠다고 공약한 충신들 어른 아이 할 것
없이 마신 물 다시 목마르고 걸러내지 못한 욕심으로 복
수가 차올랐다. 시원하게 뚫어 준다는 백방으로 소문난
단물 펑펑 솟구치는 물덤벙술덤벙 약수터에서 벌컥 벌
컥 정신없이 목축이다 수백 년 닳고 닳아 반질반질 길이
난 아득한 동굴 "빨리리리 빨리리리……" 이명耳鳴 같은
붉은 에코우들의 깜깜한 나락으로 한없이 미끄러져 다
시는 돌아오지 못한 전타라*가 되었다는데 이상하게도
그곳이 오늘날 관광명소가 되어 하루에도 몇백 명씩이
나 떨어져 죽는 참사가 아무 일 없다는 듯 일어나고 있
더라나. 그 참에 왕세자는 하나둘, '따닥'에 세상을 바꾸
는 PC 마우스로, 왕세손은 한 번 터치에 바뀌는 이 세상
저 세상 마음껏 군림하며 아주, 아주 행복하게 살고 있

더라나.

* 전타라: 인도의 최하층 계급의 종족

어떤 체벌
— 혼잣말이 나부끼는

시골 초등학교로 전학 간 4학년 때
작은 교실 육십여 명 이상씩
콩나물시루의 콩나물처럼 앉아 공부하였던
이름들과 얼굴들이 아직 연결 안 되던 어느 날

일주일 내내 숙제를 해 오지 않아
꾸중 듣던 한 아이가 있었다고
내 기억이 소환하는 한 남자아이,
나이 지긋한 담임 여선생님이 체벌하였다.

그 아이의 허리춤 아래를 훌렁 벗기고
벗은 몸으로 전교생의 교실을 돌게 한.

— 단체 훈시 효과를 위해서였을까,
교탁 앞으로 불러내어 우리들 앞에서 그 아이를 벗기
신 선생님.
여학생들 중 손으로 얼굴을 가리고 고개를 숙여
아무도 그 아이 아랫도리를 본 친구는 없었지만,
나는 울음을 억지로 참는 그 아이, 일그러진 옆얼굴을

설핏 보았다.

우린 너무 어려서 선생님의 그 체벌이 어떤 의미였는지 모른다.
소 먹이러 다닌다고, 아버지 일을 도운다고 숙제를 못해온,
조용하고 착한 그 아이가 숙제까지 잘 해오는 모범생이 되기를
수치감이라는 정신적 충격을 주는 체벌로
선생님은 선생님으로서 바랐을까.

– 교실마다 돌고 있을 때 다른 선생님들이 말렸어야 했다,
교감 선생님이, 교장 선생님이 제지했어야 했다.
우리가 그만두게 해야 했다.
우린, 모두, 너무, 어렸으므로
한 인격에게 영영 아물지 못할 상처를 입히고 말았다.

5학년이 되어서 전학을 갔다, 그 아이.

입을 꾹 다물었으므로
못 배우고 가난한 부모님은
아들이 그 날 이후 왜 학교에 못 가겠다고 그랬는지
몰랐을 거다. 끝내 함묵한 이유를, 꿈에도 몰랐을 거다.
아니,
바람이 전해 준 소문을 들었는지도,
아들의 슬픔이 부모의 가슴을 저미고 저며
가난한 이삿짐을 싸게 했는지도 모른다.

– 나는 내 생의 고비들을 지날 때마다
그 아이, 생의 많은 과제들 앞에서
끝도 없이 부끄럽고 소침하고 무기력했을,
생의 난감이, 아파졌다.

그 아이
살을 섞고 싶은 사랑하는 여인을 만나 결혼하게 될 때
생애의 풀지 못한 숙제 하나 인해
꽁꽁 얼어붙는 몸이 되지 않았기를, 정녕.

– 먼 훗날에도, 오래도록.

2부

나보다, 나를 더 사랑하는

사람아, 겸손謙遜의 강으로 가자

어떤 비바람에도 흔들리지 않는
그 강, 그윽한 눈빛
참 맑다

사람아,
마음이 가난한 자 그립거든
하늘 은총 빗물 오롯이 가슴에 담아

소리 없이
모난 돌부리 보듬어 품고 흐르며
부드러움으로 강한
눈부신 몽돌이 된 사람들 멱을 감는

겸손의 강으로 가자.

강의 숨결 흠뻑 마셔
빈집 찬 가슴 뜨거운 연모의 물결 일렁이게 하고
꺾여 떠돌던 날의 상처
더 낮은 데로 무릎 꿇어 싸매어주는

사람아,
그 강물은 하늘빛으로 따뜻하다.

날 세운 어법 쓰지 않아도
자신의 죄 못 견뎌 몸부림치게 하고
활짝 핀 꽃 같은 언변 없어도
영으로 물결쳐 혈관마다 푸른 맥박 뛰게 하는

하늘의 하늘이라도 담지 못할 옥체
그 몸 바꾸어
한 점 사람의 몸으로 비하하신 그분
심장 고동치는 소원, 아는 자들 몸 담근

사람아,
그 강물은 깊다, 깊이 모르도록 깊다.

지금, 하늘 아틀리에

옥빛 물감 뚝 뚝 듣는 화폭
산기슭 걸린 구름이
한 마리 학이 되어 나래 펼쳐 오릅니다.
눈꽃들 학의 성체 품고 푸릇푸릇 비상하는
아득한 들판 은회색 캔버스 그득
미카엘의 깃에 실려 온
사랑의 콘체르토
본향으로 목 늘인 그리움
생명책 녹명하신 창세전을
세상 기초 놓으시던 태초의 날을
하늘 불태우고 땅의 체질 불 녹이실 세말을
지금, 사시는 오직 당신.
싱그러운 풀꽃 넘실대는 하늘 아틀리에에서
나를 신부로 안으십니다.

당신으로 형형炯炯해진 내 영혼
야다*의 깊은숨 쉼
하늘 아틀리에 지금, 연 주홍빛으로 물듭니다.

* 야다(ינדּ): 히브리어로 알다, 동침하다(결혼), 묵상하다.

40

어떤 물음

길
가다
발걸음 엇 비켜 젖어든
생의
모퉁이

천둥처럼 들려오는

사람아,
네가 어디 있느냐?

낱낱이 기록된다면

예수께서 행하신 일이 이 외에도 많으니 만일 낱낱이 기록된다면
이 세상이라도 이 기록된 책을 두기에 부족할 줄 아노라 (요21:25)

삼십삼 년간의 생애, 아니
그의 단 삼 년의 공생애가 낱낱이 기록된다면
세상이라도 이 책을 두기에 부족하다는 말이 이해되기
까지
나의 한 생애가 어딘가를 통과해야만 했다.

인생이 끝난 후 '사망' 이라 기록하는
건조한 두 글자가 하는 말과 달리
그의 무덤은 텅 비어 있었다, 는
빈 무덤이 말하는 그 무한의 말이 낱낱이 기록되었다면,

그가 걸었던 거리,
많은 인생들을 안았던 용서와 긍휼의 마음이,
죽은 자와 아픈 자들을 일으키고 쓰다듬었던 손길이,
억지 왕 삼으려 했던 사람들을 떠나
한적한 곳을 향했던 발걸음이 낱낱이 기록되었다면,

사가랴 엘리사벳 마리아 요셉 세례요한 안나
베드로 안드레 야고보 사도 요한 빌립

나다나엘 니고데모 도마 마태 마가 누가
요안나 나사로 마르다 마리아 삭개오
바디매오 살로메 막달라 마리아
그들을 오래 참는 사랑의 사람이 되게 했던
그의 온유한 눈빛이 낱낱이 기록되었다면,

사람으로서의 고통과 아픔이,
신으로서의 고독과 슬픔이 낱낱이 기록되었다면,
하늘의 하늘이라도
땅의 땅이라도
이 책을 두기에 부족하다는 것을 알게 되기까지

그가 누구인지를 알아
내가 누구인지를 아는

그의 빈 무덤을 관통해야만 했다.

눈멀다, 눈뜨다

느물느물 엉긴 젖처럼 경계를 푼 일상
어둠에 눈멀어

막막한 삶의 도화지 청각을 곤두세운
승냥이 되어 생의 밑그림 다시 그리고
형형색색 시간의 촉각 곤두세워도
눈 떠 있던 날 수련修練이 눈먼 날
아무런 삶의 내용 되지 못하는 하얀 밤
사람이라는 약속 사금파리로 흩어져
계획 없음의 빛나는 계획
먹고 마시고 자고 배설하여 풀풀 거리는 짐승의 냄새
펄떡이는 피의 아가미 가인*과 라멕*의 도끼에 존엄
이 찍혀
썩어 시궁창을 허우적대는 사물 사물들
눈 떠 보지 못했던 모든 숨 쉼의 고결한
것, 눈먼 진실을 호흡할 수 있기를
눈 뜬 삶 잡았다 놓쳐버린
부유浮遊하는 생의 질문들 부여잡고
눈멀어버린 한 사람이기를

은총의 소낙비 맞으며 먹으며
짐승의 옷 벗는 숭고한 새벽
죽어 향기로운 냄새 훌훌 씻고
서로의 등을 밀며 비워낸 생이 삶으로 눈부신

빛으로 눈 뜬
그 날.

* 가인: 구약 창세기 4장, 동생 아벨을 쳐 죽인 인류 최초의 살인자
* 라멕: 구약 창세기 4장, 폭력과 살인을 자랑삼아 떠벌리고 일삼는 자

아겔다마* 자장가

시퍼런 원죄의 쑥 대궁 엉킨 밭에
황토 바람이 인다.

암세포처럼 명줄 질긴 죄의식이
보각 보각 괸 유다의 입에서
어린 세상의 입에 입맞춤하며 넣어준
달콤한 눈깔사탕 같은
둥근 모서리 원죄의 감옥에 비릿한 피 냄새가 난다.

은전 삼십 세겔의 선득선득한
고꾸라져 창자가 터져 죽도록
막다른 생의 굴뚝 속 까막잡기 헉헉댔던
삶의 냉과리들 맵디맵다.

삶이 삶에 찔리는 아고산대 침엽수림에 노숙하는
밤이 각혈한 별들이
늙은 우주의 피막避幕을 터뜨린
양수의 비린내 질펀하다.

힌놈의 골짜기를 반짝이는 핏물은
태초의 자궁에 둔 잊고 가져오지 못한 묘비명을 찾아
둥글게 몸 말아 몸의 길을 나선 나그네들
가지런히 누운 밭이랑 아겔아겔 흘러넘친다.

검은 태지를 씻어 맑고 곧게 펴 누이는
어린 예수의 피 숫눈처럼 순결하다.

아겔다마 고이고이 잠재운다.

* 아겔다마: 아람어로 '피밭', 가룟사람 유다가 예수를 판 몸값을 돌려준 은
　전으로 제사장들이 나그네의 묘지를 삼.

쉬어가게 하소서

잠시 쉬어가게 하소서.

가던 걸음 여기 멈추고
영혼의 창 바짝 다가온
고요와 침묵의 얼굴
환한 미소로 끌어안게 하소서.

그릇 부딪는 소리 요란한 삶의 부엌에서
마련하는 식사를, 초대한 사람보다 귀히 여기는
나된 마음 몇 번이고 몇 번이고 헹궈내게 하시고

하고 싶은 말, 들어줄 사람보다 중히 여기는
이 빠진 몰골 똑똑히 보게 하소서.
나 혼자 일하게 두는 것을 생각지 아니하시나이까?
좌절과 분노 채운 마르다의 잔 시궁에 내던지고

십자가 길목에 차려진
허기진 식탁에 꿇어앉아
출렁이는 긍휼의 샘에서 길어 올리신

말씀의 포도주 고요히 받던
마리아의 빈 잔이게 하소서.

순전한 라드 한 옥합 깨뜨려
임의 발 눈물의 머리털로 씻던
참 드림이

그 후
내게도
내게도 있게 하소서.

덫

　 – 형체도 없는 것
　　가슴 옥죄어 온다 생각하면
　　발목 낚아채는 것 치맛자락 붙잡는 것
　　모두 형체 없이 오는 것이다

베일로 가린 검은 실루엣
이 천 년 전 머리 다쳐 끝나 버린 어둠이
거짓말처럼 살아 둥근 세상 하얀 자유
물컹물컹한 심장 거머리처럼 헤집고 들어가

선악과 따 먹고
눈 밝아진 이들 벌건
낮 한 길 알몸 껴안는 가면무도회
사랑이라 이름하는 거짓의 강 범람하고
　 – 그 강에 허우적대기 몸서리치는 서러움이다.

발뒤꿈치 상해 절뚝거리는 여인
기억 상실증 벌름거리는
야성의 턱뼈, 익명의 바람 누런 게거품 물고

미궁 속 몸 푸는 난무 흐느적인다, 점액처럼

비느하스*여, 일어서라
오늘 다시
서슬 푸른 네 칼날
시퍼런 목 고갯짓으로 일어서는
내 안, 한 마리 붉은 짐승
땅 아래 뎅겅뎅겅 내쳐버려라.
　　-거기서 슬피 울며 이를 갊이 있으리라.

* 비느하스: 구약성경 민수기 중 하나님 편에 선 자.

그럴 수도 있지요, 라는 말은

그럴 수도 있지요, 라는 말은 얼마나 따뜻한지
표독한 경계를 헐고 두 손으로 안아보는 말
마음 갈퀴를 곤두세우지 않아도 되는
애써 꾸미지 않아도 되는
영혼의 민낯인 채로도 부끄럽지 않은 말
함박눈이 내립니다. 우리 모두 무죄입니다*, 라며
우리를 포근하게 하는 말, 자유하게 하는 말,
한파로 언 마음 가지 새 순 톡톡 눈 뜨게 하는 말
덕지덕지 허물투성이 생애 빗장 열어젖히게 하는
그럴 수도 있지요, 라는 말은
꽁꽁 언 여울 녹여 그 위 연분홍 꽃잎 떠다니게 하는
생의 교차로에서 갈 길 골몰 하다가도
푸른 신호등 켜지면 깃털 되어 날아갈 수 있게 하는 말
차디찬 계곡물 낮고 낮은 곳 순리로 흘러
깊은 강 너른 바다에 조용히 스며들게 하는 말
격동하는 파고에도 잔잔히
당신의 생애에 맞추어 천천히 익어가는 말
모자란 서로를 종려나무로 번성하게 하는
허물진 서로를 백향목으로 성장하게 하는

얼마나 순하게 어깨동무 해오는 말인지
그럴 수도 있지요, 라는 말은

* 고은의 시 「함박눈」

갈밭을 거닐며

갈밭으로 들어선 마음 걸음에
비 흩뿌리는 방식대로
바람 불어오는 방식으로
내리꽂히는
갈청 빛 검 하나 있다

철이 철을 날카롭게 하듯
바람이 불어올 때
빗물이 내리칠 때
우리가 하나인지
저마다 흩어진 마음인지 비로소 아는 것

세찬 바람을 맞고 나서야
차가운 장대비 맞고 나서야
우리가 머리 숙인 곳이 어디였는지
빈 속대를 일으켜 고개 들
빛 길이 비로소 보이는 것

슬픔의 파랑波浪에 젖은 몸

말씀의 길에 누워 하얗게 말리며
우리라서 함께
꺾이지 않고 빛나는 갈꽃들
순은 빛 사람들이 되는 것이다.

아쉬레* 정원

아쉬레 당신이 나에게로 온
정원 그득 그윽하게 피어 있는
연분홍 말씀의 꽃들
무릎 꿇어야만 맡을 수 있는
당신, 체취다
아쉬레 뜨거운 숨 닿은 이랑마다
뭉게뭉게 피어오르는 향
아무나 열 수 없는 안으로 잠긴 문
신비다, 땅의 낮음만큼 낮아진
당신 아들과의 입맞춤
아쉬레 문빗장을 여는 금빛 열쇠
눈부시다, 낮과 밤
내 속살이 당신을 만나 향기롭고
눈 감고도 당신은 나를
나는 당신을 아는,
온 계절 맑은 물 흐르는 내에
몸 담근 생의 오전
싱그럽다, 청청한
아쉬레 비밀 정원의 주± 당신

가슴 펄떡이며
내 몸에 꽃물들인 생의 오후,

환하다.

* 아쉬레(אשרי) : 구약 시편 1편의 '복 있는 사람'의 히브리 언어.

샘, 하나

오래전부터
내 안엔
샘, 하나 있습니다.

깊은 곳에서 솟는
샘의 뿌리는
하늘에 있습니다.

힘겨운 삶의 산정 오르는
조인 결의를 풀고
맨발을 담그는 이

입안 가득 고인 허세
우루룩 헹궈 내는 이
굳은살 박힌 시간의 손
가만히 문지르는 이

얼룩진 생의 이마
눈썹 젖도록 닦아내는 이

잠시 머물다 갑니다.

머문 자리
물이끼 웅덩이 고일까
자꾸만 두 손 들어
하늘 퍼 올립니다.

퐁 퐁 퐁 새롭게
솟아나는
내일은
한 뼘 더 깊고
넓은 샘이 될 것 같습니다.

킹 덤 오브 헤븐Kingdom Of Heaven

새 하늘나라 시온이
의롭고 진실하게 의진이
예수님이 준비하신 예준이

돋는 해 아침 빛
새움 눈뜨는 풀들처럼

성탄절 아빠께 선물 받은 화이트보드에
왕의 말씀 적으며 논다.

세 아이
으뜸화음으로
그레고리안 성가 부르듯 암송하다가

즉흥적 작곡으로
피아노 연주하는 시온이
그 음률에 맞추어

맑은 풀꽃 두 손 들고

아기 새들 하늘 둥지 깃들이며

하나님의 세 아이들
하늘의 노래 부른다.

청각 장애인 구두 수선공

시리고 시린
하늘 한 자락
찬 계절 모퉁이로
미끄러져 내린 곳

아무도 들여다보지 않는
흑암 속 소리의 멍울들
썩둑 잘라내
들리지 않는 상한 가슴
닦고 깁다 보면

열릴 듯
들릴 듯
함묵한 세상

누구든
그리운 언어 하나 키우지 않는 가슴 있으랴

1평 남짓한 공간

푸르른 하늘 그득 채우고서
무지갯빛 소리
반짝반짝 듣기 시작하는

더는
시리지 않을

착한
영혼.

3 부

거기, 그곳에

사슴 호수, 길을 오르며

사슴 중탕해 드립니다.
붉은 문구 선명한 사슴농장
아직 푸른 평화를 뜯어먹는 사슴들
그 길 반짝이는 것들이
슬픔의 알갱이들만은 아님을,
마음이 발자국 새겨놓고 다녀와
몸이 기억하는 그 길을 오르며
바람이 불어오고, 우우우
푸른 뿔에 걸려 있던
사람들 생을 위해 사지에 오르는
마지막 하늘에 내지른
또 한 생의 기꺼운 소리소리들
호수 속 착한 나무들
하늘에 머리를 두고
하늘이 흐르는 대로 흐르고
하늘이 서는 대로 저도 서 있다.
내 안의 죄를 탈탈 털어 고하고 싶은
사슴의 깊고 서러운 눈, 그렁그렁 맺혀있는
호수를 반짝이는 것들은 모두

동그랗고 순한 눈물방울들이다.

물속 나뭇가지 하나
하늘 정수리 길 궁금해서 고개를 내민다.

길의 가슴, 환하게 출렁인다.

* 사슴 호수: 진동면 교동리 산에 있는 사슴농장 옆의 호수.

가을, 양화진 추억

임의 땅끝
생피 붉은 이들이
갈바람 속
쉬고 있었습니다.

우리보다 더 참 한국인으로
우리 민족을 사랑한
베델 헬버트 스크렘톤
아펜젤러 베어드 언더우드 누구누구들…

달팽이보다 느린 걸음으로 만났습니다.
벅찬 가슴으로 만났습니다.

가벼운 짐 지고서도
버거워 한 내 모습
고개 숙인 들꽃처럼 부끄러웠습니다.
햇살도 뒤에서 웃는가 싶었습니다.

때에,

한 마리
고추잠자리가
주위를 맴돌다 어디로 떠나고 있었습니다.

거기, 그곳에

아이야!

수천 배나 더 깊어진
호수 속 하늘이 있어
물풀의 뿌리도 꼬리 연처럼 걸렸어
새끼오리 조그마한 두 갈퀴 하늘을 헤엄치고
까치 한 마리 푸드덕
하늘 한 깃 물고 날아오르는 것 좀 봐
꿈의 파랑이 일고 있는 억새의 마음에
하늘 잠겨 있어
까만 몰 밤도 하양 구름에 조롱조롱 열렸어
커다란 옆 산도 하늘로 빠졌어
한 들 아파트는 허리 굽혀 등목하고 있네.
바람 오리 물방개 간지럼에
까르르 웃음 웃다가
햇살 가루 와르르 쏟아져서
은빛 보석 찬란한

거기, 그곳에

나보다 넓고 깊게
출렁이고 있는
호수 안 하늘,

아이야!

생의 마루에 오르시려거든

정직하게 직립한 나무들 사이로
죽은 나무들이 누워 만든 길로 오르십시오.

뜨거운 발자국들이 올곧게 다져준 길을 따라
생명 있는 것들의 낙관이 오롯이 찍힌

선을 넘지는 마십시오.
당신 굳은 발에 여린 목숨들 밟힐 수 있으니.

시간의 계단은 아래로도 열려 있습니다.

하루치 생애가 눈물겨울 땐 나를 밟고
내려가십시오.

해 저물어 길이 묻히기 전

당신이 서 있는 바로 그곳,
생의 마루입니다.

겨울, 주남호에서

혼자 있어
외롭다고 말하지 않겠습니다.

켜켜이 날마다
젖산이 쌓이는 나래
시간의 바퀴 한가득 싣고
애굽의 생고기 생각나
인대 늘어난 발목

억새풀 손끝
투명한 시어詩語 낚아
새겨두기를 몇천 번

다만
내가 여기 있다고만
언 바람에게 전해 주고 싶을 뿐

혹, 당신이 날 모른다고 말하신다면
그때
난 통곡할 것입니다.

몽돌 화가

몽돌 몽돌해진 몽돌들이
수백의 화폭을 메우고 있어도
오직
몽돌 그리기만 애 쏟는 화가를 보았습니다,

산이었던가, 바위였던가,
닳고 닳고 또 닳아
아이 주먹만 해 졌다 끝내
바닷모래
바닷물로 회귀하고 말

몽돌을 잡아두려고

낮엔 석회 빛 얼굴을 하다가도
밤엔
반짝반짝 살아나
작고 작아진 몸속
놓지 않을 옹골진 사랑

웅얼웅얼 이야기하는

화가는
또 하나의 몽돌이 되었습니다.

겨울, 빨간 등대 아래

빨간 등대 아래
들썩이는 한 그림자는 하얀 그림자일 뿐이라고
동상 걸린 손 등으로 쓱 닦아낸
싯붉은 물결일 뿐이라고
살갗 터진 바다
끝, 가 닿지 못한 뭉툭한 불빛에
그만 굽어 버린 어깨가 일렁이는 것이라고
곱사등 혹 같이 업힌
두 달 반 어치 갓 난 생명이
온 등을 출렁이는 것일 뿐이라고
안다
다
안다고
빨갛게 부은 눈빛 아래
들썩이던 한 덩어리 물결이
싸락눈처럼
잘디잘게 부스러지고 있을 뿐이라고
하얗게
하얗게

제 몸빛으로 자지러지고 있을 뿐이라고.

내 하는 일이란
— 모빌

내 하는 일이란
둥근 해 아래 끈질긴 목숨 묶고
한 세월 그냥 그냥 곰삭이는 것.
어쩌다
돌개바람 나를 뒤흔들어 놓아도
아니, 회오리바람
어지럼 뱅뱅 열 번 스무 번 일 꼬아 놓아도 아니 아니,
몸부림 부림 쳐도 끊어지지 않는
하늘 잇닿은 빛 줄 있으니
미운 맘 툭! 건드려도
그래그래 덩실덩실 어깨춤이라도 추면 그뿐.
샛바람에 해죽해죽 웃다가
너의 하늘빛 눈동자에
내 마음 살포시 눌러
까꿍 까꿍 얼루룽 까꿍 얼려 주고
까르르르 맑은 웃음 송이 피어오르면
난 그저
너만큼
하늘만큼 행복한 것이다.

궁극窮極

　너는 너를 물고 막다른 곳으로 달려가지만, 어느 곳도
귀착지로 삼지 않는다.
　오래전 난산의 훗 배앓이로 전신이 혼미해진 기억을
향해서도
　너는 그 극점을 묻지 않는다.
　먼 먼 바다에서 싱크홀 같은 배 밑 사각의 세계로 빨려
든 후
　너의 천적이 되어 쫓아가는 탱탱한 나의 시간에
　최초의 너는 날렵해진다,
　최후의 너는 쫄깃해진다.

　돌아보니

　내 생애를 쫄깃하게 한

　안녕,

　그리운 궁극들.

산이 길이 되다

오래전 그는
길이 되는 꿈을
낮게 꾸었을 것이다.

이상의 하늘 짊어진 결린 어깨 끙끙대며
관계의 지표 아래 엉킨 꿈들의 뿌리
턱 턱 질식하기 전,

매지 구름 소나기 몰고 오는 컴컴한 생의 오후
솔개그늘 물음에도 한결 해포이웃이지 못한
강똥 물찌똥 맞은 민낯 깎이고 깎이고
또 깎이길 긴 긴 날 손꼽았을 것이다.

그리하여

헉헉대며 삶의 광야를 따지기 하는
수천 수만의 한 속 어진 걸음들
납작 엎드려
깊이 호흡하는

마침내
한 올 진
길의 심장이 된 것이다.

묵지 마을

참 대숲 우는 소리 온종일 귀 막고
외길에 돌아앉은

묵고 묵은 땅의 혈관을 따라
스물 스물 비늘을 돋우며 돌아다니는
늙은 배아암의 시귀詩鬼
하룻밤 묵지
하룻밤 묵고 가지, 홀린 듯 들어선 나의 발목 묶어버린
처음부터 너는 천 년 이무기 똬리 튼 동굴
발뒤꿈치 상한 생채기 급채로 남아
천 년 만 년 울음 울며
억수 같은 장대비로 쓸어내리고 문질러도
시원스레 터지지 않는
하늘의 문, 젖은 꿈의 겹겹
비단 빛 허물의 파지를 쌓고 또 쌓으며
바람 속에서 천천히 휘어진 공기
오래 공명하다 가슴 가운데 구멍 숭숭 뚫린
우둘투둘 먼 길 감고 돌아와 꽁꽁 묶인 세월
더 깊어지기 위해 다 풀어내지 못한 시간들

가뭇없이 떠나보내는

아무 일 아닌 듯
청맹과니 서러운 눈동자의 하늘
깊이 잠들어 있는

묵흔의 안개 자욱한.

* 묵지마을: 진동면 동전리에 있는 자연마을

첨성대 별기別記

1.
밤하늘이 파랗게 보이는
천체 망원경에선 오래전 묻어 있던
행성 냄새가 난다
고요한 세계로 쏟아져 내리는 은하
안드로메다를 건너온 별빛 끌어들이며
첨성대는 긴 잠의 부스러기 털고 일어난다,
천 년의 꿈 이야기 한다.

2.
나는 별들을 채집하였다
삼백예순 하룻날 반
별을 따다 온몸
반짝이는 별 탑이 되었다
스물여덟 단 원숙한 몸짓
정남 녘 향해 가슴 열고
신라 온땅 별밭 되는 꿈,
오. 래. 도. 록. 꾸었다.

3.
가난한 유년의 일기장엔 별들이 쏟아졌다.
우주탐사선으로도 갈 수 없었던 막막한 꿈,
그렇게라도 풀어 놓아 보고 싶었던
망원경 아련한 굴절을 통해 채색된
오각의 별 노랑 파랑 하양
벽에 그린 물 그림 흔적 없이 날아가 버리던
기억, 자꾸 손으로 문지르며
아린 심장에 아로새겨 놓고 싶었던
내 꿈의 별자리.

내 마음의 풍금

반백 년 아끼신
삭은 몸 꽃가루처럼 쏟아내어도
언제든 바람 불어넣어 주면 부르는
바아아 리라라라 아아아
하늘빛 노래
아버지 빈방 그득합니다.

유년의 교실
홀로 남은 까치발로
아버지 가슴처럼 커 뵈던 풍금 앞에 앉아
퉁퉁 부은 고사리 손끝에 피워 올린
솔라 솔라 솔미레도 도라솔미솔
이순 고개 넘은 아버지
꿈 사랑만큼 뿌리신 꽃씨들이

열두 살 딸 아이
희고 고운 손에서
채송화 봉숭아
나팔꽃들

내 삶의 꽃밭이 한창인데

아이의 아이가
하양 까망 또렷한 추억의 건반 길로
보드라운 세레나데 꿈꾸며 걷고
마주르카를 춤추며 뛰어갈 때쯤이면
바스러지지 않도록
하늘빛 노래 속에 웃고 계신
내 마음의 풍금

다시, 생생할 수 있을까요.

만날재 공원

마산 합포구 만날 고개 2길 10-12
마산이 한눈에 보이는 만날재 공원으로 오세요.

만날 오셔도 좋아요 만날 약속하지 못했더라도
그리운 이 그곳에 있을지도 몰라요.

슬퍼하지 말아요, 기다리는 마음 끝자락
우람한 편백나무들 숲길에 서 있어요.

제 몸의 피톤치드를 아낌없이 주고도
더 주고 싶어 해요 온몸 담그고 있으면

당신 안에 자라던 생각들 다리 길이를 늘일지도 몰라
요.
웃자란 말들 머리를 가지런히 자르고 앉을 거예요.

보이지 않던 일상의 때들 닦아낸 듯 개운해지고
포롱포로롱 작고 작은 새들 당신을 반짝일 거예요.

바꿀 수 없는 것들 포용할 수 있을 때까지

가느다란 숲 사이 굵은 햇살이 당신을 맑히고 넓힐 거
예요.

4부

그리고 그를 읽는 동안

겨울 아침

꿇었던 새벽 무릎 펼쳐 일어나니
겨울이 문 앞에 와 서 있었다

산골짜기 침엽수림을 쓰다듬고 온 햇살이
성에꽃 어룽진 창문을 따끔따끔 갸웃거렸고
오겠다고 약속한 그를 오랜 기다림 끝에 만난 듯
얼음물로 씻은 명징함으로 맞았다

입에서 나온 뽀얀 김을
마음인 양 두 손으로 받아들고는
그는 함초롬한 동백꽃으로 웃었다
내게 오느라 잎들 떨어낸 시린 어깨
솔을 덮어 주니 그는 포근해졌다

머리를 기대고 올려다보는 내게
따스운 눈빛 언어를 읽는 한 자락 마음으로도
고드름 꽁꽁 언 가슴 두근두근 두드릴 수 있다며
눈동자 그윽하게 깊어졌다

함박눈이 그의 가슴에서
나의 온몸으로 펄펄 내리고 있었다.

리셋reset 사랑

하필, 눈이 내렸다

눈송이들이 기억의 나래를 붙잡고 앉히자
그와의 시간은 단번에 하얘지고
함께 했던 길들이 지워진
길이 아닌 길 위의 나목들도 하얗게 지워졌다
반만 옳았던 그와 반만 견뎠던 나의
불온한 사랑이 뜨거워지기 위해
희나리에 불을 피워 올릴 매운 시간은 필요치 않았다
의미와 형식보다 몸의 감응이 빨랐던
천둥을 동반한 소나기와 형체도 없이 녹아버리는 눈사
람 사이
진자운동을 하는 여름과 겨울을 두 집 살이 했다

하나로 타올랐던 뜨거움을 기억하는 몸속 통각들 모서
리마다
하얀 소금기둥이 무의미처럼 굳어갔다

그즈음,

아무것도 아닌 것이 아무것도 아닌 것을 아무것도 아니게 사랑한 것이 되었다.

그가 존재하는 자리

협곡의 경계와 경계
유유히 흐르다 휘돌아 흐르는

순접과 역접 선명하고 모호한 접점 사이
순행과 역행 점층과 점강
오름과 내림의 간이역과 정거장
그 행간과 행간 사이

심연의 울과 시연의 뒤란
기억과 추억의 갸웃할 틈
떨림과 울림의
흡, 숨 들이켰다 내쉬는 사이

그래, 와 아무렴
저를 묻는 이와 늘 그러려니 사이
물 안 물 밖 낯설기도 낯익기도 한
물에 비친 자아와 자신 안 자아 사이

무수한 허공 흔들며 자란

여린 순의 생각과 단단한 가지의 생각 사이
침묵과 암묵, 꽃이 핀다와 진다 사이
지금 여기, 이 또한 지나가리라 사이

새벽 햇살 일렁이는 물방울,
저녁노을 붉게 마르는 이파리 사이
그대 때문에 열린 숨구멍마다 통점이거나 악기인 몸 안
공명하려 일렁이는 몸 밖 그리움의 음계 사이.

피보나치 나선 사랑

피보나치 나선 사랑을 하는 그와 그녀는
귓속 달팽이관 닮은 무테안경을 썼다.
그들의 안경은

앵무조개 껍질이나 데이지 해바라기 솔방울
피보나치수열 황금비에 강고하게 순응한
조화롭고 질서정연하며 지성적이기까지 한
스스로의 아름다움만 본다.
그, 혹은 그녀일 수밖에 없는 그들은 서로의
손톱 뿌리 부근에서 일어나는 거스러미의 따가움이나
벌어진 상처 속에서 생살이 돋을 때의 가려움 같은
피보나치수열이 아닌 상처나 통각을 보지 못한다,
애초 원자나 분자를 맨눈으로 볼 수 없는 것처럼.
눈이 온다, 하얀 눈이 내린다.
비가 온다, 빗물이 떨어져 내린다.
무지개가 뜬다, 일곱 빛깔 무지개다. 라고 서로를 말
한다.
먼지 탁함 증발 상승 혼란 흩날림 어두움 어지러움
눈비 무지개 그 켯속에서 웅성대는

다층적 의미의 스펙트럼을 보아내지 못하면서도
서로는 서로를 렌즈 너머로 다 읽었다고 한다.
손상된 부분을 스스로
피보나치 나선으로만 복원하는 불가사리처럼,

사람이
사랑이
서로를 위해 남몰래 흘리는
다 갈래 눈물을 이해하지 못한다.

그를 읽는 동안

나는 한 두뇌 노동자를 읽고 있다.

그의 머리와 가슴을 지나온 것들은
진중하고도 뜨거웠다.

그의 입에서는
푸른 산 하나가 통째로 눈앞에 서 있게 했다가
예리한 분석의 메스로 숲을, 나무를, 풀꽃을,
바윗돌을, 개미와 벌레들을 적출해 내어
그들의 존재 값을 명명해 내었다.

그의 깊고 슬픈 눈은
인생과 사물을 긍휼과 연민으로 끌어안았다.
나는 그의 깊고 슬픈 눈의 감옥에 갇혔다.
그리곤 출구를 찾지 못했다.

강렬한 태양빛에 각막을 다친 자처럼
아무것도 볼 수가 없었다.
아무 소리도 들리지 않고

아무 말도 할 수 없는 청맹과니가 되었다.

오직 들려오는 그의 목소리
많은 물들이 유유히 휘돌아 흐르는
맑은 중저음의 소리
내 영혼에 음악처럼 흘러서
나는 그의 목소리의 동굴에도 갇혔다.

입구가 봉해진 그 동굴에서
나는 저 깊은 동굴의 끝,
바닥과 벽을 공명하고 돌아온
그의 음성을 환청처럼 들었다.
깊은 강물이 소리 없이 흐르듯 소리 없는 소리로 들었다.

그의 두툼하고 미더운 두 손과 두 발
그의 붉고 뜨거운 심장을
그의 깊고 슬픈 눈
그의 중저음의 목소리를
몸에 들인 후, 몸으로 그를 읽었다.

내가 그를 숨 쉬었을 때
그가 나를 숨쉬기 시작했다.

나는 한 두뇌 노동자를 오래오래 읽고 있다.

노랑 장미
— 낙화

스무 살 적 누런 암소의 순한 눈망울로 노랑 저고리 입고 시집갔던 울 이모, 첫 순정 다 쏟아 여린 꽃잎 자식을 얻고 노랑 환희 하늘 부풀리던 날 며칠, 억수 같은 비바람 맞고 속울음 꺽꺽대시다가 홀로 수척해진 베갯잇 노랗게 노랗게 절고 절다가 속삭속삭거리며 지아비 홀린 그녀 처마 밑에 가서도 이름 한 번 불러 보지도 못하고 누렇게 누렇게 애가 타 버렸던

빙고 아내
동구 밖 참나무 가지가지 매달았던 그리움보다 더 독하고 진한
울 이모 순정이,

스,
러,
진,
다.

하늘 가,
어리하늘소 한 마리 누런 자혼 핥고 있다.

타고,

1.

당신은 바람의 지문을 가진 붉은 혓바닥, 감추고 싶으나 쉽게 들키고 마는 불씨의 온도, 맹렬히 헤집고 드는 화염이 된 당신. 독한 외로움이 외로움을 탈 때 세상은 더 뜨거운 곳으로 흘러간다. 손을 타버린 사람들이 당신 속에 애욕의 말을 타고 다그닥 다그닥 달려 들어가고 속살이 다 닳아빠진 삶들이 너덜너덜 돌아오는 늦은 밤,

빨갛게 상처 입은, 재가 된 세상을 향해
당신은 끝내 무채색 얼굴이다

2.

미처 시간을 타지 못한 악기들이 까맣게 때를 타고 제소리를 타지 못한 당신은 오래전 목화를 씨아로 틀어서 씨를 빼내고 활줄로 튀기어 퍼지게 하던 몸의 시간을 기억해낸다. 뽑아낸 무명실 열 줄을 튕겨 아직 한 번도 세

상에 내놓지 않은 생의 소리를 타고,

저만치 갸륵갸르륵 썰리던 시간이 박의 하얀 속살을
내놓을 때, 당신의 입술에 내 입술이 닿기 전 바짝바짝
타던 시간은 자주 피 끓는 청춘들의 손을 타고, 내가 뱉
은 숨이 당신의 숨에 경계도 없이 섞여들 때, 옻을 타듯
붉은 열꽃들이 시간의 경계를 흐드러지게 타고,

3.

나를 당신에게 데려다줄 열기구의 가슴이 팽팽하게 부
풀어 오른다. 당신에게 닿은 지형지물을 다 외우고 있지
않아도 당신 혀의 돌기 나를 훑어간 몸의 기억을 따라
햇볕에 바짝 탄 대지를 찾아가듯 찾아갈 것이다

바람의 길을
타오르는 가슴을 타고,
나를 빨갛게 태운 열기구가 나를 타고,

한잠 들지 못하는 시간

가슴에 그리움 강 일렁일 때
그저 한잠 들고 일어나라는 그대여

그대로 인해
나는 한잠 들지 못하고
얕은 잠 속 꿈길은
어두운 강바닥을 헤매고

깊이 모를 강은 깊은 데로만 출렁이고
잠의 길을 쉬이 빠져나온
비바람은
시간을 빙빙 돌며 잉잉 울며 불고

잠 안에서도
잠 밖에서도 침몰한 나는
나를 찾지 못하고

잃어버리고서야 그리워하는
손 때 묻은 관계를

잔영처럼 붙잡고

깊은 한숨으로
한잠 들지 못하는 시간

경자 언니

성균관대 삼성 창원병원 본관 2층
신장내과 투석실의 복도와 화장실
경자 언니가 지나간 자리마다 반짝반짝 빛이 난다.

맘 좋게 둥근 얼굴 서글서글한 눈매와 살집 있는 몸
십오 년 두문불출인 알코올 중독자 남편을 두고
두 손에 들린 대걸레와 경자 언니는 늘 한 몸이다.

어느 해인가 불종거리 네거리 택시 위에서
알몸인 중년 여자가 광란의 몸짓을 한 적 있다.
삶의 답답함으로 치자면
경자 언니가 그런 발광을 하는 것이 백 번 천 번 합당한데
언니는 그저 쓸개 없는 사람처럼 삶을 웃는다.

한 장의 낙엽, 바스락 소리 내며 사라져 갈 것만 같아
남편의 투석 병상을 지키는 내 눈이 붉게 지쳐갈 때
청소도구를 넣어두는 창고 안
오 분 십 분, 결린 무릎을 쭉 펴는 곳이라며
박스를 펼쳐 깔고 신문지를 덮어주며 눈 좀 붙이라는

경자 언니.

　서 있는 대걸레들 사이로 나는 염치없이 누우면서
　출입문을 닫으면 태초의 깜깜 흑암인 곳에 마음의 발
을 뻗고
　전봇대 두께만 한 배관 파이프 안 물소리가
　엄마 태중에서 듣던 소리처럼 아늑해 깊은 단잠에 든다.

　시린 무릎으로 복도를 닦던 경자 언니는
　변기에 누군가 흘려놓은 생리혈을 제때 닦지 않았다고
야단을 듣고
　허허 웃으며 들어오는 경자 언니의 빛에 일어난 나는
　그 삶이 써내는 시의 행간이 너무 환해 더듬거리며 읽
는다.

　수만 번 걸레질하며
　눈부신 날들 속으로 걸어 들어가는 경자 언니를
　오늘 나는 경전을 필사하듯
　서투른 걸음으로 받아쓰기한다.

거스러미

아이가 벌겋게 핀 거스러미를
내 눈앞에 바짝 달막인다.
거스러미는 꽃잎이 붉지 않았다 아니
바짝 다가온 상처는 붉은빛이 아니었다.
너무 가까워서 보이지 않는 상처의 솔기들이
몽글몽글 보푸라기로 피어날
때, 옹찬 엄지와 검지로 간단없이
투 둑 뜯어 버릴 수는 없는 노릇이라고
잊히려고 핀 상처를
어미라는 예민함을
뭉뚝뭉뚝 잘라 버릴 수는 없는 노릇이라고
나는 알아듣지 못하는 아이에게 맨살의 말을 한다.
보이지 않는 아픔을
보아내지 못한 자책이 하얀 눈을 뜨면
살다 너도 한 번쯤
너무 가까워 보이지 않는
그 따습고 너른 하늘의 자궁 속으로
상처 없이 잊히고 싶을 때가 있을 것이라고
다디단 입김 호오 호오 불며

가만가만 타이른다.

붉은 꽃잎이
곧, 연둣빛 이파리로 거듭날 것이야.

곁

3층 교실 창밖으로 몸을 던지려고 했던
15살 여자아이가 있었다.
또래 아이들보다 키가 작고 여윈
여리고 맑은 목소리를 가진.

아이의 아빠는 노동자, 엄마는 지적 장애인,
네 살 터울 여동생은 지능지체 장애로 성장이 3살에
머물러 있는,
아이는 술 취한 아빠가 엄마를 구타하는 것을 자주 보
았고
아이는 자꾸만 자신이 부끄러워져서
그만 세상에 없는 생이고 싶어 했다.

나는 아이가 강박적으로 그리는 점묘화의
한 점 우주라도 되고 싶었다.
해도 달도 별도 없이 깜깜한 아이 방에
열린 창문 하나로 걸려있고 싶었다.
마음이 흘리는 눈물에 빛을 입혀주고 싶었다.
가슴 안 깊숙이 박힌 옹이를 긁어내고

푸른 움돋이를 기다리고 기다렸다.

세상에 쓸모없는 생은 없다고
홀로 부끄러운 생은 없다고

아이의 곁이고 싶었다.

물망초
— 윤 리드비나 수녀에게

네게 시 한 줄 주려고 생 몸살 앓던 그 날,

이유 모를 기막힌 도망자 너와 내가 쫓기는 꿈을 꾸었어.

검은 실루엣의 사내는 우릴 한입에 집어삼킬 듯이 맹렬했어.

방축에서 물이 새는 것 같이 땀구멍에서 펌프질 당한 땀 송이가 피어 내렸어.

따돌렸다 안도하면 불쑥 그림자처럼 나타나 온 사지가 뻐덩뻐덩 얼어붙기 수 번,

생의 마감에 쫓기는 신발을 벗어 던지고 헐렁헐렁한 겉옷을 내어 버리고 뛰기 시작했어.

송어가 할 일 없이 노 다니는 실개천 바람에 우는 구름다리를 막 건넜을까?

검은 사내는 갑자기 두 몸으로 분열하더니 너를 나를 턱 막아섰어.

악! 펑! 무시무시한 갈퀴 손에 몸서리치는 순간,

사내는 꿈처럼 연기처럼 없어져 버렸어.

그때 너 섰던 자리에 아롱아롱 무언가가 피어올랐어,

물망초,

물망초 꽃이.

내가 사라진 땅에는 개망초 꽃이 올멍줄멍 피어나고
있었지 아마.

수석에게 길을 묻다

막다른 생의 모서리에서
길을 잃을 때가 있었다.
난감이 고개를 들고,
뾰족한 삶에 찔려 상처 입은 채
길의 길을 헤맬 때가 있었다.

바다 하구에서 만났어요, 지인이 건네준
그윽한 눈으로 바라보는 지아비와
아가를 업은 지어미가
바다를 지피는 저녁놀을 함께 바라보고 있는
작고 까만, 수석 석 점.

생의 모서리와 각들이 오래 깎이고 닦인,
영혼 깊은 곳에 있는 불빛을 꺼뜨리지 않고
그 근원을 향한 처음의
눈빛, 겉말과 속생각 사이에
틈이 없이 단단한 외길이 어떻게 가능했냐고 물었다.

한 결의 생애, 수석들을 오래 어루만지다가

부드러운 생의 원형질을 오래 쓰다듬다가
낮게 숙일수록
나와 내 안의 나와 지아비와 지어미가
저녁놀 아래 하나의 풍경이 되는

생의 하구에서만 체득되는,
뒷모습의 얼굴마저 한없이 닮은
수석 속
둥근

길의 길이 보였다.

낙엽 한 장의 시간

햇살이 사선으로 비껴드는 신장 투석 실
투석기를 의지한
물기 없는 계절이 누렇게 누워 있다
생의 우듬지를 향해 물을 끌어올리고
꿈의 광합성을 하던 당신의 봄
푸르게 반짝였던 엽록소와 안토시안의 시간이
또깍 뚜꺽 여과기 안으로 걸어 들어가
또깍 뚜꺽 두 계절의 경계를 넘어
푸석한 늦가을로 늙어 있다.
굵은 주삿바늘로 부푼 혈관처럼
야윈 잎맥이 검붉게 도드라지는 생의 저녁
피와 물과 그 속에 녹아 있던
온정과 웃음과 에너지와 관계마저 걸러져
바싹 마른 계절이
바람의 가장자리를 위태하게 뒹굴 때
나와 당신,
우리가 될 수 없는 우리들도
한동안 낙엽 한 장의 시간으로 뒹굴었다.

해 설

긍정과 초월

− 김인애, 『흔들리는 것들의 무게』

고 봉 준(문학평론가 · 경희대 교수)

철학자 레비나스에 따르면 '주체'는 타자/타인 위에 군림하는 '주인'이 아니라 그에게 묶여 있는 '인질', 그 앞에 무릎 꿇는 존재이다. 레비나스의 사상에 대한 동의 여부와는 별개로, 시는 주체가 타자의 '인질'임을 가장 분명하게 보여주는 발화형식이다. 흔히 시를 가리켜 '자아=내면'을 응시하고 표현하는 언어 형식이라고 설명하지만, 내면에 대한 응시나 표현조차 우리의 '바깥'에 존재하는 대상을 경유하지 않고 성취될 수 없으므로 이러한 주장은 절반의 진실에 불과하다. 이처럼 인간 존재(existence)란 '밖(ex)'을 향해 서는 것(stand)이다. 이때 우리가 '밖(ex)'을 향하게 만들어주는 것이 타자/타인이니, 이 관계에서 1인칭 '나'는 타자/타인의 '인질'이고, '타자/타인'은 '나'를 내면의 세계로부터 끄집어 내어주는 '구원자' ence가 된다.

서정시의 경험적 진실은 한 시인의 시세계가, 시인의 내면이 이러한 '바깥'과의 접촉 혹은 관계 맺음을 통해 형성되는 것이며, 시란, 한 걸음 나아가 예술이란 이 '바깥'에 대한 감수성에서 시작됨을 일깨워준다. 이때 이 '바깥'과의 접촉이 무엇을, 어떤 대상과 특징을 중심으로 행해지느냐에 따라 한 시인의 시세계에 일정한 방향이 생긴다. 따라서 '시세계'라는 표현에서 '세계'는 객관적 · 물리적인 공간이 아니라, 시인의 감각과 경험에 의해 구성되는 주관적인 느낌[感]에 가까운 것이다. 이러한 관점에서 김인애의 시집을 읽으면, 시인의 감각이 특별히 이 세계의 중심이 아닌 주변, 강하고 불변하는 것이 아니라 작고 여린 것들을 향해 기울어져 있음을 발견할 수 있다.

> 반짝반짝 흔들리는 잎사귀들 몸짓에는
> 생의 그늘 그림자만큼의 무게 빛나고 있다.
>
> 바람 얼굴에 수천 번 헹굼 질로 얻은
> 생애의 가벼움이,
> 어두운 땅속 까맣게 충혈 된 뿌리의 눈으로
> 반석 속에 흐르는
> 맑은 물길 끌어안아 깃든 깊음과
> 나란히 잎맥 숨길에서
> 해맑은 눈 뜨고 있다.

누구라도 캄캄한 자신
절망하며 무너져 내릴 때
환하고 환한 빛은 다가오는 것
푸른 하늘 낮게 내려와
햇살 빛 숨결 듬뿍 떠먹이고 불어넣어
몸속 숭숭 열린 숨구멍으로
한껏 기지개 켜는
순하고 여린 손가락들

-「흔들리는 것들의 무게」 부분

　니체 이래로 현대 예술은 필연적으로 허무주의의 궤적
을 그리면서 진화해왔다. 오해와 달리, 이때의 허무주의
는 표면의 세계와 상반되는 진리의 세계 등을 부정하고
파괴하는, 불변하는 진리보다는 시시때때로 변하는 감
각에서 대안적인 세계를 발견하려는 예술의 특징을 가
리킨다. 현대 예술이 부정성을 전면에 내세우는 까닭은
이러한 맥락에서 이해되어야 한다. 하지만 김인애의 시
에서 이러한 부정성은 좀처럼 발견되지 않는다. 그뿐만
아니라 거기에서는 세계와 자아의 화해 불가능한 갈등
이나 불화 등도 두드러지지 않는다. 표제작인 인용시의
도입부를 보자. 화자는 지금 '흔들리는 것들'을 응시하고
있다. 여기에서 그것의 정체는 "반짝 반짝 흔들리는 잎
사귀"이다. 시인은 이 '잎사귀'에서 "생의 그늘 그림자만
큼의 무게"를 발견하고 있다. 내리쬐는 햇빛과 잔잔하게

흔들리는 잎사귀가 존재하는 풍경, 여기에서 '그림자'를
발견하고 그것에 "생의 그늘"이라는 의미를 부여하는 것
을 상상하기는 어렵지 않다. 문제는 그 '그늘'과 '그림자'
가 '빛난다'라는 술어에 의해 지시되고 있다는 사실이다.

상식적인 감각과 달리 화자에게 '그늘'과 '그림자'는
'빛'의 세계에 속한다. 이러한 긍정적 감각은 2~3연에서
도 동일하게 반복된다. 화자는 2연에서 수천 번의 바람
을 맞으며 얻은 잎사귀의 '가벼움'에서 어두운 땅속에서
"까맣게 충혈된 뿌리의 눈"이 "반석 속에 흐르는/ 맑은
물길"을 끌어안아서 생겨난 '깊음'이 "해맑은 눈"을 뜨고
있음을 본다. 또한 3연에서는 "절망하며 무너져 내"리는
순간에 "환하고 밝은 빛"이 도래하여 "햇살 빛 숨결"을
떠먹이는 역동적인 생명의 질서를 목격한다. 이처럼 김
인애의 시에서 어둠은 늘 빛(밝음)이 도래하는 사건의 배
경이 된다. 그녀의 시에서 화자와 세계는 갈등하지 않으
며, 갈등이 존재할 경우 그것은 긍정적인 화해를 위한
첫걸음으로서의 의미를 갖는다.

시리고 시린
하늘 한 자락
찬 계절 모퉁이로
미끄러져 내린 곳

아무도 들여다보지 않는

흑암 속 소리의 멍울들
썩둑 잘라내
들리지 않는 상한 가슴
닦고 깁다 보면

열릴 듯
들릴 듯
함묵한 세상

누구든
그리운 언어 하나 키우지 않는 가슴 있으랴

1평 남짓한 공간
푸르른 하늘 그득 채우고서
무지갯빛 소리
반짝반짝 듣기 시작하는

더는
시리지 않을

착한
영혼.

― 「청각 장애인 구두 수선공」 전문

  세계를 긍정적으로 응시하는 시인의 태도는 작고 여린
것, 주변적인 것에 관해 이야기할 때에도 그대로 드러난다. "겸손의 강으로 가자."(「사람아, 겸손謙遜의 강으로 가자」)라는 단정적인 호소에서 드러나듯이 시인은 인간을 세계로 주체로, 혹은 중심으로 인식하는 태도를 경계하고, 나아가 "사람아,/ 그 강물은 깊다, 깊이 모르도록 깊다."라는 진술처럼 이 세계에 인간 이성의 힘이 주파하지 못하는 미지의 영역이 있음을 강조한다. 종교적인 맥락에서 읽으면 이러한 탈脫인간중심주의는 초월성에 관한 강조로 이해되겠지만, 종교적인 맥락 바깥에서 읽어도 그 의미는 충분히 감지된다. 김인애의 시가 특별히 작고 여린 것, 주변적인 것에 깊은 관심을 갖는 까닭은 이러한 '중심'의 외부에서 인간 존재와 삶의 의미를 발견하려는 실천적 태도 때문일 것이다. 인용시에 등장하는 '청각 장애인 구두 수선공' 역시 같은 맥락에서 이해할 수 있다. 우리 사회에서 '청각 장애인 구두 수선공'은 이중적으로 배제된 주변적 존재에 속한다. 그는 '장애인'으로서, 그리고 '구두 수선공'으로서 이중적으로 소외에 노출된 존재이다.

하지만 시인은 그에게 '소외'가 아닌 보편성, 즉 "누구든/ 그리운 언어 하나 키우지 않는 가슴 있으랴"로 요약되는 보편성을 읽어냄으로써 '청각 장애인 구두 수선공'에게 새로운 맥락을 제공한다. 이때의 "그리운 언어"란 물리적인 차원의 소리가 아니라 "무지갯빛 소리/ 반짝 반짝 듣기 시작하는"으로 구체화되는 '영혼'의 소리이다. 새로운 시적 인식을 통해 소외된 대상에 생명의 온기를 불어넣는 방식은 칼을 만드는 노인의 형상에서 "해저곡의 관棺을 환히 밝히는/ 애매미 날개에 깃든 득음 이후의 허물만큼 가벼운"(「미더덕 칼 만드는 노인」) 느낌을 이끌어 내는 장면이나, 쓰레기통을 뒤져서 먹이를 찾는 '길냥이'의 식사 장면에서 환한 밝음("생의 신산에 대해 체득한/ 그의 내부는 어둠 속에서 더 환하다"(「길냥이」))을 포착하는 장면 등에서도 동일하게 반복된다. 또한 그것은 "생의 하구에서만 체득되는,/ 뒷모습의 얼굴마저 한없이 닮은/ 수석 속/ 둥근// 길의 길이 보였다."(「수석에게 길을 묻다」)라는 인상적인 진술에서도 반복된다.

1.

　호수 위 수천 마리 철새들의 날갯짓 100배속 영상처럼
　거실 통유리 창문을 맹렬히 부딪는 빗방울들,
　저들은 차마 눈부시다, 수직인 창문에 온몸 부딪고도
　피멍 들지 않고 떨어지는 순간, 유순을 익힌다.
　그때, 낮고 깊은 데로 흐르려는 제 몸의 속성은 반짝 빛난다.
　빗방울을 끌어당기는 길,
　빗방울이 끌어당기는 길로

　미끄러지는 한 생, 찬연하다.
　　　　　　　　　　　　　　　　 － 「빗방울 아르케」 부분

만일 김인애의 시세계를 잘 보여주는 대표작 하나를 선정해야 한다면 이 작품이 적당할 것이다. 화자의 시선을 중심으로 잠시 시의 내용을 살펴보자. 화자는 지금 "거실 통유리 창문" 안에서 빗방울들이 맹렬히 부딪히는 장면을 바라보고 있다. 그런데 이 장면을 목격하면서 화자는 그 풍경에서 '유순'을 읽어낸다. 유순柔順이란 부드럽고 순하다는 것, 이러한 사전적 의미는 "호수 위 수천 마리 철새들의 날갯짓"을 연상시키면서 맹렬히 쏟아지는 빗방울과도, "수직인 창문에 온몸 부딪고도/ 피멍 들지 않고 떨어지는" 물방울의 모습과도 쉽게 연결되지 않는다. 그럼에도 불구하고 화자는 그 장면을 "차마 눈부시다"라고 표현하고, 나아가 그 풍경에서 '유순'을 익히는 빗방울의 모습을 발견한다. 이러한 인식은 어떻게 가능할까? 그것은 화자가 창문에 맹렬하게 부딪히는 빗방울의 격렬함이 아니라 창문에 부딪혀 "떨어지는 순간", 즉 "낮고 깊은 데로 흐르려는 제 몸의 속성"에 주목하기 때문에 가능하다. 화자는 빗방울이 창문에 부딪히고 떨어지는 모습에서 "낮고 깊은 데"로 흐르는 형상을, 또한 그 형상에서 '물'의 '속성'을 발견한다. 그리고 이러한 인식이 "빗방울을 끌어당기는 길"이라는 표현을 가능하게 한다.

　김인애의 시에서 '낮은 곳'의 의미는 특별하다. 인용시에 등장하는 "낮고 깊은 데" 또한 이러한 맥락에서 이해되어야 한다. "시간의 계단은 아래로도 열려 있습니다"

(『생의 마루에 오르시려거든』), "마침내/ 한 올 진/ 길의 심장이 된 것이다"(『산이 길이 되다』) 같은 진술에서도 확인되듯이 김인애의 시에서 '낮은 곳'은 한편으로는 인간의 세계를, 또 한편으로는 '겸손'과 '유순'으로 상징되는 자연적인 질서의 세계를 가리킨다. 그렇다면 '낮은 곳'의 의미는 왜 특별한가? 그것은 "사람아,/ 그 강물은 하늘빛으로 따뜻하다."(『사람아, 겸손의 강으로 가자』)라는 진술처럼 '낮은 곳=강물'과 '높은 곳=하늘'의 관계 때문이다. 김인애의 시편들 대부분에서 '낮은 곳'은 인간 또는 자연의 자리이고, '높은 곳'은 초월적인 존재의 자리이다. 그리고 그것들은 '강물'과 '하늘빛'의 관계가 그렇듯이 이미-항상 연결되어 있다. 세속과 초월, 지상과 천상, 낮은 곳과 높은 곳의 필연적·운명적 관계에 대한 믿음은 결국 '인간' 존재를 '초월-천상-높은 곳'에 위치시키려는 인간중심주의에 대한 경계로 이어지고, 세속적 세계에서 그 실천적인 지침은 '인간'에게 부여된 위치, 나아가 '낮은 곳'을 지향하는 '유순'으로 연결된다. 이러한 인식 태도를 분명하게 보여주는 또 하나의 사례가 바로 「샘, 하나」이다. "오래전부터/ 내 안에/ 샘, 하나 있습니다.// 깊은 곳에서 솟는/ 샘의 뿌리는/ 하늘에 있습니다."(『샘, 하나』) 이 시에서 화자는 자신의 내면에 존재하는 '샘'의 기원과 뿌리를 '하늘'에서 찾는다. 여기에서의 '샘', 즉 '물' 이미지가 생명과 존재의 본질을 의미한다면, 그러한 생명과 본질의 기원이 '하늘'이라는 인식이야말로 '낮은

곳-높은 곳'의 관계를 변주한 것이라고 말할 수 있다. 이처럼 인간을 포함한 만물이 '땅=낮은 곳'으로 흘러가고, '땅=낮은 곳'은 다시 '하늘=높은 곳'과 연결된다는 초월적 상상력은 김인애의 시세계를 지배하는 기본적인 믿음이다. 이 믿음이 존재하는 세계는 결코 부정되거나 극복되어야 할 대상, 니체적인 의미에서의 허무주의로 경험될 수 없다.

발문

말의 길 너머 마음의 길

- 김인애 첫 시집에 붙여

김 종 회(문학평론가 · 경희대 교수)

김인애의 시는 좌고우면이 없는 확고한 방향성을 가졌다. 일찍이 한국 시사詩史의 정신주의 시편들이 보여준 명징한 결기가 그의 시에 어려 있다. 그의 시어들은 맑고 아름답다. 그 투명한 어휘들로 순정한 서정성의 세계를 펼쳐 보인다. 그러한 까닭으로 시적 의미의 췌사나 표현 방식의 덧칠이 없다. 시가 제 음색을 발양하여 스스로의 존재 값을 이루는 것이 김인애의 시다. 굳이 강조하여 말하자면, 시를 대하고 또 이끄는 주체의 형상이 여기에 이르렀을 때 우리는 시의 됨됨이를 두고 지엽적인 시비를 하지 않는다. 그것은 정신주의 지향의 시에 공여하는 우의와 신뢰에 해당한다.

그의 시는 그와 같은 창의적인 자기 세계를 드러내는 창窓으로 기능한다. 그 내면과 외형의 연합이 조화롭게 성취된 시들은 이 시집 처처에 줄지어 있다. 이렇게 '좋은 시'라는 언표를 부가할 수 있기에, 당대의 시인과 평자들이 이름을 걸어 이 시집의 상재를 격려하는 형국이다. 시인이 내면에서 추구하는 시적 서술의 대상은 사람이기도 하고 종교적 절대자이기도 하다. 일찍이 만해 한용운이 일제강점기에 보여준 의미의 애매성Ambiquity이 여기에도 있는 셈이다. 이 확고부동한 의미망에 동원된 언어의 그물은 부드럽고 느슨하지만, 꼭 끌어안아야 할 치어稚魚를 놓치지 않는다.

필자는 김인애 시인을, 필자의 고향 경남 고성을 중심으로 삼남지방을 석권하고 전국으로 또 해외로 확산되고 있는 '디카시' 행사에서 만났다. 명경같이 맑은 품성, 시심詩心, 신앙이 한꺼번에 보이는 사람이었다. 경남 마산 출생, 문예지를 통해 등단하고 마산 진동에서 교회의 사모로 섬기는 삶을 사는 분이었다. 시인에게 그의 생애사가 함께 중요한 것은, 그 삶의 행적이 자연스럽게 시 속에 배어 있기 때문이다. 이 시집에 수록된 시들은 이를테면 삶과 신앙의 존재증명이요 해명의 언어들이다. 시인의 시적 사유와 그 향방이 이미 제 빛깔을 가진 다음이기에, 그의 시는 마음을 비우고 그냥 따라가며 읽는 것이 더 효율적인 독법이다.

김인애 시의 세계는 언제 어디서나 작고 연약한 것들에 대한 애정으로 넘친다. 그것은 시인의 성향이기도 하거니와 더 무겁기로는 그가 생명처럼 소중하게 붙들고 있는 신앙의 정체성이기도 하다. 낮은 자리를 바라보고

격의 없이 다가서며 먼저 손을 내미는 삶의 형식이 신앙과 시 세계를 동시에 관통하는 모범답안이 바로 그의 경우다. 누군가에게 이렇게 고정적인, 또는 일종의 스테레오 타입에 해당하는 일상은 답답하고 무료할 수도 있을 것이다. 그러나 김인애 시는 여기에 곁을 주지 않는다. 있을 수 있는 대상과의 갈등조차 '긍정적인 화해'로 전화轉化하는 것이 그가 걸어온 길이요 그 길의 생각이요 그의 시였다.

지금껏 논거한 김인애 시의 특성은 어쩌면 '글은 곧 그 사람이다'라는 고전적 명제를 말하는 것이며,『논어』에서 적시한 시 300수의 총칭 '사무사思無邪'를 구현한 실상이라 할 수 있겠다. 인류 문화의 초기에서부터 시가 가졌던 보편적 규범이 유장하게 흐르다가 하나의 물웅덩이를 구성한 자리, 그곳이 곧 김인애 시가 머문 처소다. 그 물길은 낮은 자리에 있으며 그러기에 더 깊은 데로 흘러간다. 강과 바다가 수백 개 산골 물줄기의 복종을 받는 이유는, 그것들이 항상 낮은 곳에 있어서이다. 이는 노자老子의 말이지만, 김인애 시의 낮은 자리가 바로 그렇다. 그런데 여기 숨겨둔 또 하나의 비밀이 있다.

그가 믿음의 사람인 연유로 그 낮은 자리는 '하늘'의 높은 자리와 잇대어져 있으며, 그의 시는 이 구조적 도식을 작동하게 하는 '초월적 상상력'에 의거해 있다. 우리는 앞으로의 김인애가 어떤 시를 어떤 유형으로 써 나갈지 알 수 없다. 어쩌면 이는 시인 자신도 잘 모르는 행

로일 터이다. 다만 그는 말의 길이 끝나면 마음의 길이
열린다言語道斷 心行處는 시적 존재론의 방정식을 잘 알고
있는 시인이다. 또한 그는 자신이 실무의 한 부분을 맡
고 있는 디카시의 마당에서 신실하게 디카시를 쓰고 있
는 시인이기도 하다. 시를 향한, 시가 하나의 보람이 되
는 세상을 향한 그의 일구월심이, 일진월보 일취월장하
길 마음으로부터 바라마지 않는다.